U0027596

就當人2吧！
即使含著
免洗湯匙出生
也要笑著活下去

百萬粉絲力挺
插畫家
人2

「努力不一定會成功，但成功一定需要努力。」
這句話是我從懂事以來一直跟著我的座右銘，
自小以來就非常喜歡繪畫，沒想到有一天能靠著繪畫當工作，
也沒想到能出了這本書而成為了職業插畫作家。

把握機會持續奮鬥，是我一直的信念，
這本書不僅是我的日常故事，相信也會是你們大家的日常故事。

話說到這，我準備拿起數位筆，繼續盯著電腦螢幕在數位板上作畫，
我還是要繼續努力創作下去，也希望還是有你們的陪伴和鼓勵。

謝謝你買了這本書，也別忘了來我的臉書專頁和我說說話喔！

https://www.facebook.com/people2

5

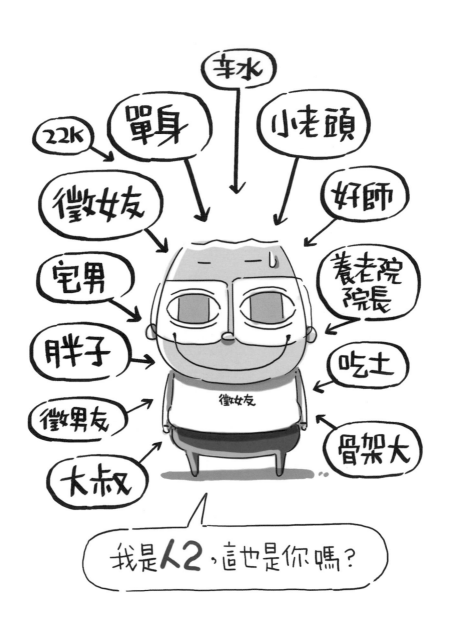

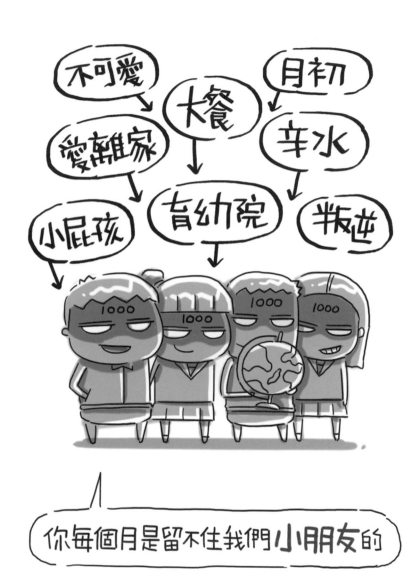

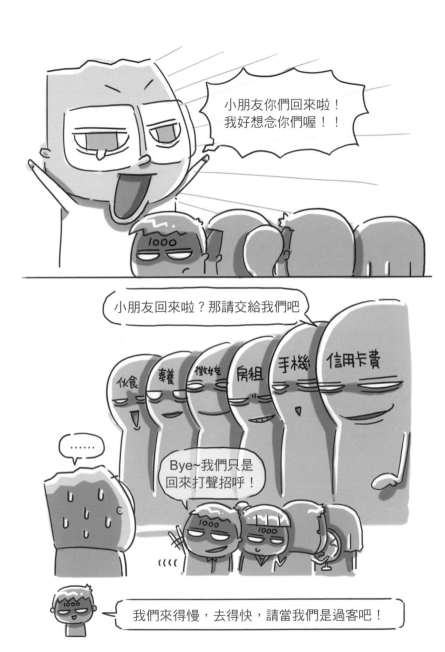

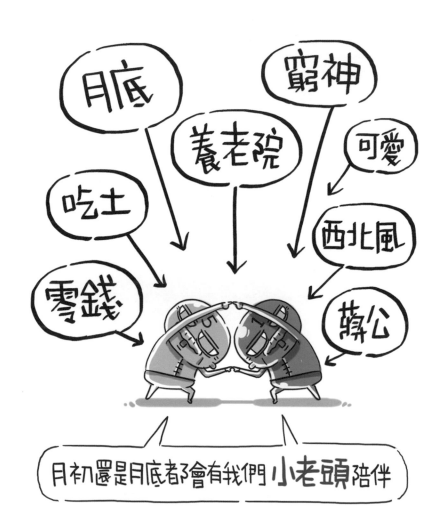

有人家開育幼院

有人家開養老院

點子再好，也沒有廣大網友的神回覆好，
這裡精選人2粉絲頁活動的回覆，由人2幫你畫出來。

感謝網友李維唐貢獻的好點子

窮到只剩小老頭 篇

能用錢解決的都不是問題，問題是我沒錢

小老頭雖小，累積起來也是很可觀的。

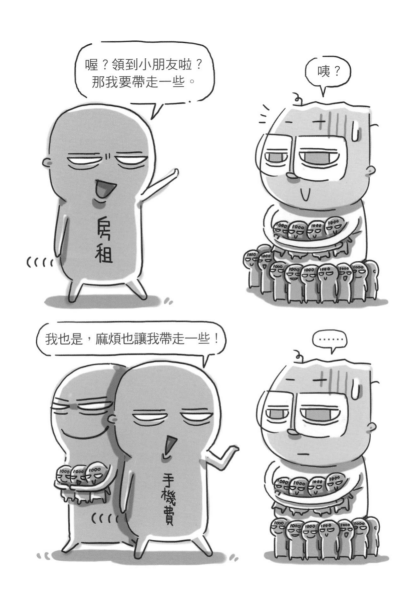

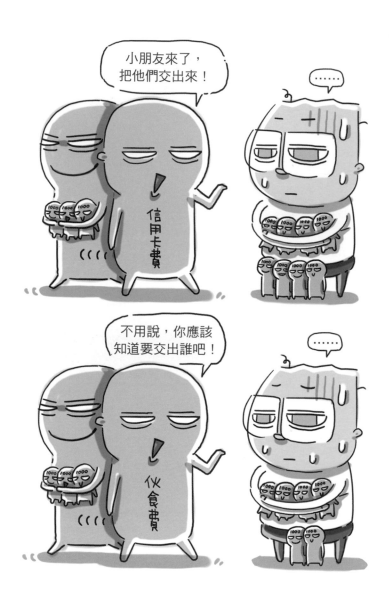

每天龐大又重複的工作量

小確辛

恭喜你，
工作來了♥

領到微小又單調的報酬

好像很快又
要吃土了！

恭喜你，
辛水來了♥

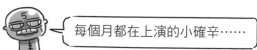

每個月都在上演的小確辛……

31

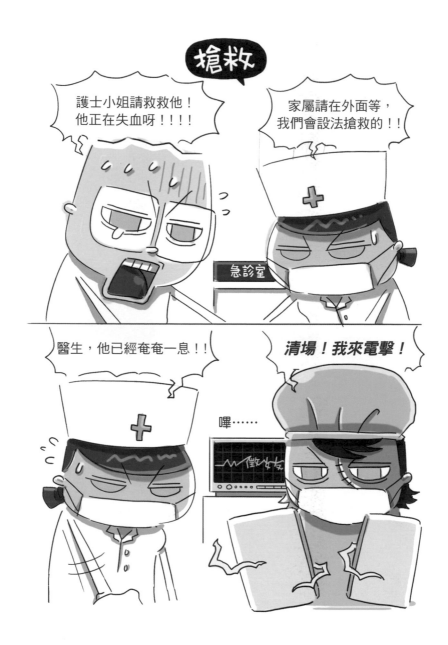

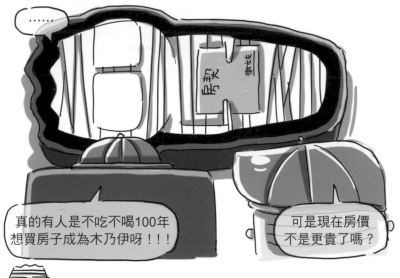

我要你的神回覆

小朋友 & 小老頭篇

Bye~Bye~我們先離開嘍~

你看，你太愛花了，感覺我們快回老家了…

台灣的小朋友好難留，只剩小老頭陪我們了…

阿彌陀佛

JESUS

點子再好，也沒有廣大網友的神回覆好，
這裡精選人2粉絲頁活動的回覆，由人2幫你畫出來。

談談被小老頭拯救的經驗

每當小朋友一一離開時，總讓我感到孤單寂寞覺得冷

在空虛之下，我決定利用打掃房間轉移自己的注意力

沒想到小老頭們一直在默默的守護著我，跑出來與我再相見

讓我突然覺得好溫暖、好感動

感謝網友陳思雅貢獻的好點子

宅男

geek
宅男
（也可以説homebody或shut-in）

Touche!
神回覆！

girlfriend wanted
誠徵女友

my boss is batshit crazy
老闆不是人
（也可以説my boss is a douchebag）

burn the midnight oil
爆肝
（口語的用法是pull an all-nighter）

人生遊戲專區

已破關
學生　國軍

仍在進行中
上班族　爆肝　低薪　周公
$22K

準備中
結婚　此友　親子　買房

恩，接下來我該
挑戰這款遊戲嗎？

40

brown-noser
錢包大失血

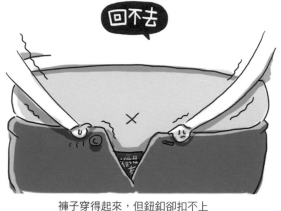

I cannot pick up the pieces
我回不去了

褲子穿得起來，但鈕釦卻扣不上

Janus-faced people
雙面人

我還可以演千面女郎與女鬼等路線喔！

努力不一定會成功 篇

但想成功一定要努力，這是我的座右銘

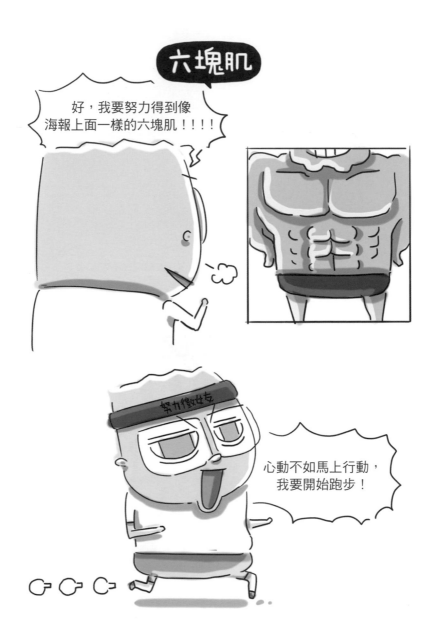

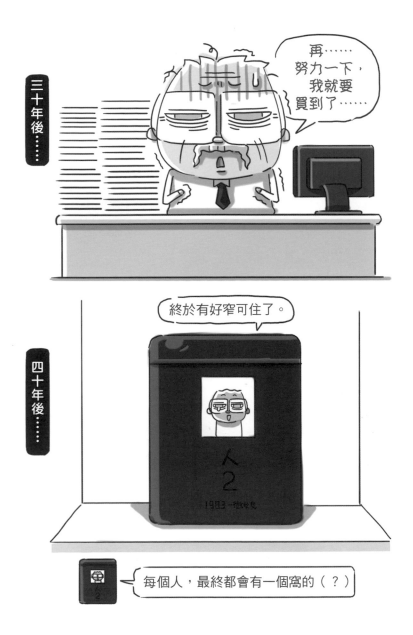

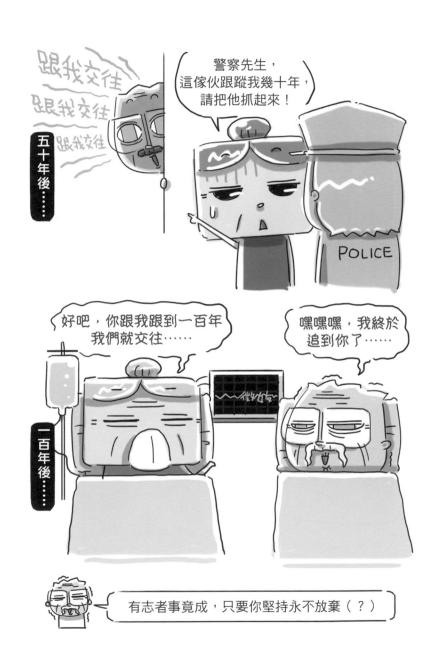

點子再好，也沒有廣大網友的神回覆好，
這裡精選人2粉絲頁活動的回覆，由人2幫你畫出來。

在某年某月的某一天，我鼓起勇氣跟愛慕已久的學長告白

感謝網友藤棠奈貢獻的好點子

減肥永遠是明天的事 篇

不吃飽，哪有力氣減肥呢！

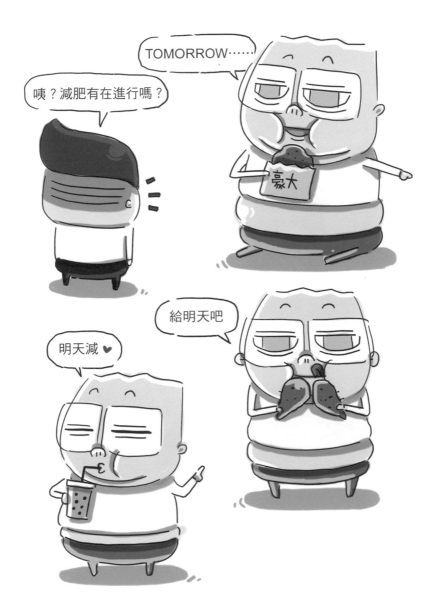

喂，你有沒有發現，你占的畫面越來越大呀，你的明天到底到了沒？

真的就明天了啦！我現在可以吃大麥克了嗎？

嗝，說好的減肥永遠是明天的事！

59

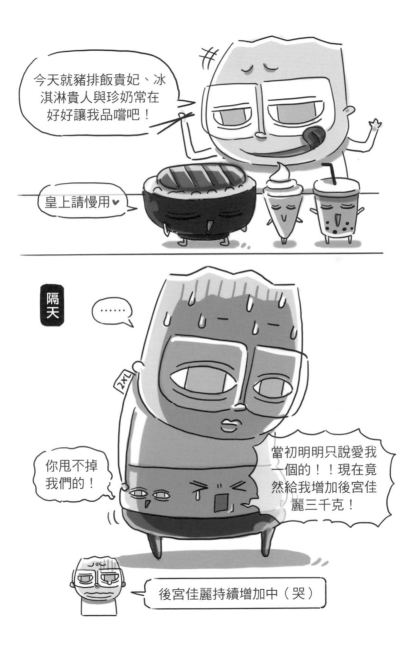

褲子穿得起來，但鈕釦卻扣不上

回不去了嗎？

看著年輕、小鮮肉時候的自己，

食主，回頭太難

真的回不去了……

以前是小鮮肉，現在變成孤老肉了……

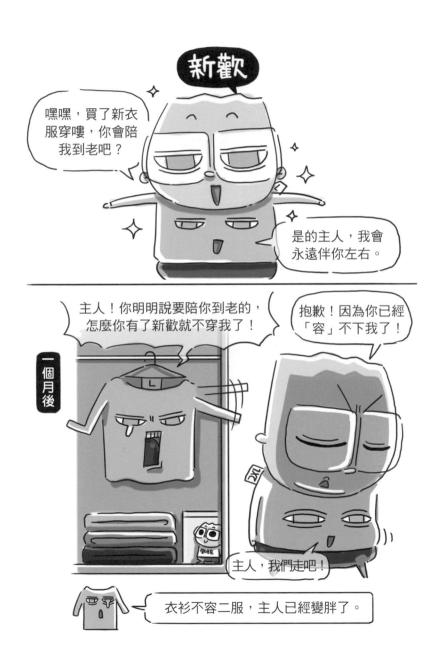

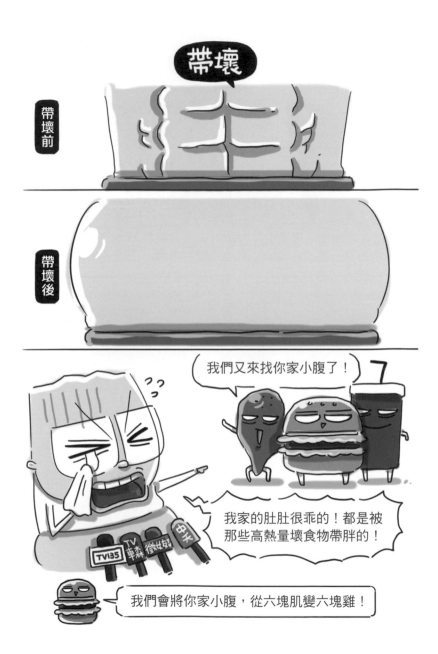

腹愁者

請問你會什麼樣的技能呢？

我會吐絲、飛簷走壁、超級感官等技能。

請問你的技能有哪些呢？

我經過嚴格武術訓練，超卓的戰鬥技巧，高科技的裝備，而且我很有錢！

你的技能是？

我只會吃而已♥

71

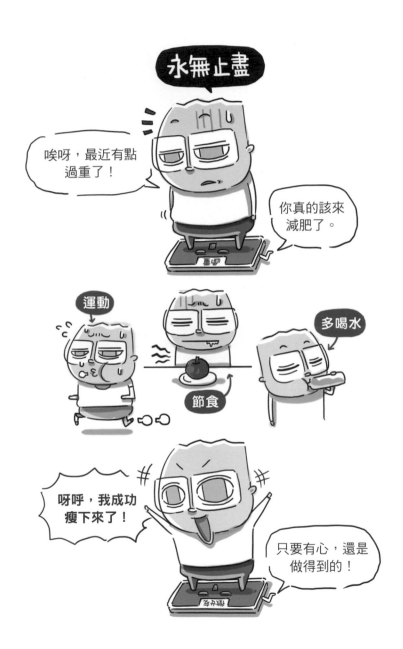

你不知道的人2! 閨房兼工作室之大公開!

百萬粉絲團團主人2這麼紅, 居然住3坪小房間?

文·林小編

人2是知名的時事圖文部落客、百萬粉絲團的團主,幾乎每天都會上傳圖文作品和粉絲互動。擅常幽默、反諷的時事插畫,熱愛觀察流行話題,解讀充滿各種幻想角度。

這樣的人2,居然住在3坪小房間創作。不知道還以為裡面住的是大學生。

當年還很瘦,連玩偶都是瘦的。

歷年來開發的玩偶。

學生宿舍常見的東元小鮮綠

不可缺乏的維他命!營養不均衡者的大好物。

尤其喜歡植田正志的作品,簡潔,也沒有語言隔閡,是自己心中的目標。

74

最近有在追的漫畫是《聖哥傳》和《迷宮飯》，設定很特別。喜歡看紙本漫畫還是大於線上漫畫。

只用Notebook完成作品，草稿、上線、著色自己來。零助手狀態。

用了好久的繪圖筆，省錢不太想丟掉。

稿子一趕，常需要酸痛藥膏。

喜歡《航海王》，看到喬巴那段必哭，梅莉號也是心中的流淚經典。

熱愛四格漫畫。

常常一件T恤+短褲坐在椅子上，過完一天。整天沒有生人說話的記錄正在不停突破中（被經紀人催稿除外）（家常便飯）。

住得好或不好沒有很大意義，
我只是為了畫畫而活著

「我家裡有些負債，所以是媽媽辛苦養大的。」人2娓娓道來，身為長子的他，只想趕快讓家裡的狀況好轉。所以沒想過要住得特別好，也沒想過要怎樣拿錢來享受。

「其實生活對我來說過得去就好，我最大的心願跟大家沒什麼差別，就是回鄉下買間小房子，和爸媽一起。日子過得去就好。」

漫畫創作的想法？

當漫畫家一開始是因為興趣可以跟工作結合，但後來的畫畫變得可以更自由時，

創作就有大半是自己想畫的，剩下的才是看市場反應來決定的，「我更喜歡找一些讓人停下來思考的事情。再用反諷呈現。」

百萬粉絲突破！怎麼經營？

關於自己成為百萬粉絲團的團主，自己是怎樣看待粉絲？「把大家當朋友分享事物，比追逐數字重要很多。」人2認為自己的成功帶點運氣，但他不可諱言的確花很多時間：「我很喜歡一句話：『努力不一定會成功，但成功一定需要努力。』」

這是人2的藏書

來翻
人2房間的
舊照片

徵女友，到底徵到了沒有？

　　該不會還沒交過女朋友吧？「沒那麼宅啦，從台南上來時，還談過一場遠距離戀愛，可惜一忙就ㄘㄟˋ了。」

　　也有人說：「每天徵女友，到底是有女友還沒有啊？只是拿來當梗吧！」甚至有人猜人2搞不好都結婚了，孩子兩個。

　　「沒有啦，你看我每天畫畫，哪有時間維持，真的沒人介紹啊！」人2幽幽的說：「我喜歡皮膚黑、健康型的女生。真的黑人女孩也OK。」我說荷莉貝瑞型的嗎？人2說，其實蕾哈娜也不錯呀！（看來人2喜歡狂野健康型的女孩喔，請筆記。）

人2徵女友
小檔案

◎台南人　33歲
◎巨蟹座 7/4出生
◎身高175cm

◎體重堅決不透露
◎底下有兩個妹妹
◎設計學院畢業

❶第一次人2的插圖在大街小巷內奔跑
❷第一次「上大學生了沒」
❸第一次上「康熙來了」
❹第一次雜誌採訪
❺第一次演講
❻第一次在百貨展覽
❼和一休一起做TABATA
❽粉絲團破百萬

77

歡迎來到真實世界 篇

想完全掌控一個人，當他老闆，別當他女友

83

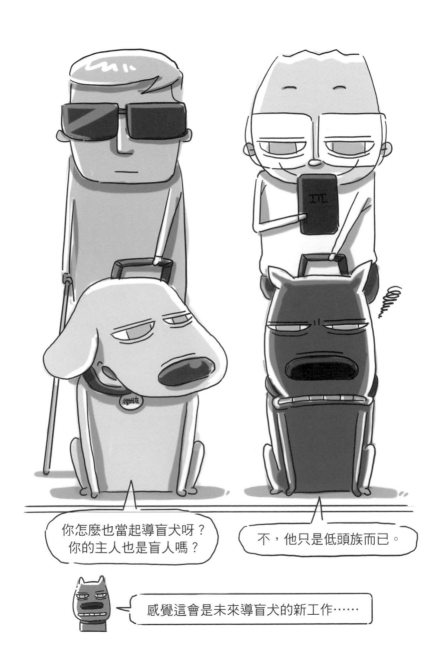

你怎麼也當起導盲犬呀？
你的主人也是盲人嗎？

不，他只是低頭族而已。

感覺這會是未來導盲犬的新工作……

行兇武器

幫兇A

記錄工具

遺照

嘿嘿，讓我完整記錄行兇過程，並分享到網路上！

你也會留下CSI犯罪記錄嗎（汗）

恭……恭喜獲得
這個角色了！

我還可以演千面女郎與女鬼等路線喔！

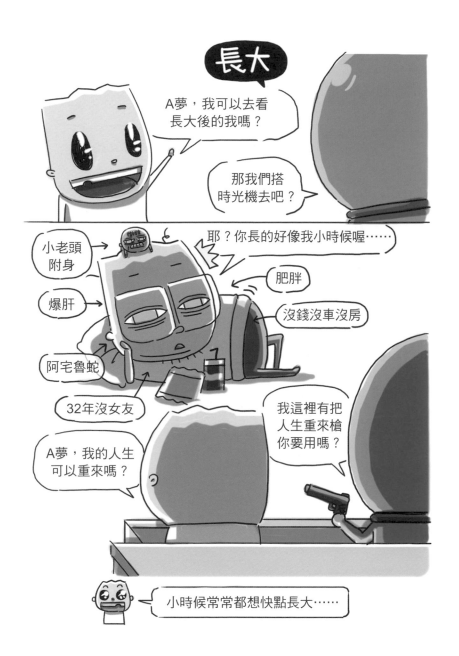

97

點子再好，也沒有廣大網友的神回覆好，
這裡精選人2粉絲頁活動的回覆，由人2幫你畫出來。

你所見過最另類的女神

當兵時去買檳榔,看到檳榔西施好正,
一頭長髮,妖艷的身材,一雙迷人的大眼睛

結果她一開口……

感謝網友徐意維貢獻的好點子

人²的日常

AM 8:50　　　　　AM 9:00　　　　AM 9:05 開始工作

下午2點要截稿，
連草稿都還沒開始

經紀人：現在還在睡？
你難道不知道&(&ˇ%ˆ
（以下省略500字）
再不交稿就死定了！

起來畫畫，拖著疲憊的身軀。

PM 16:00　　　　PM 15:00

啐！已經有小孩了，
真是的，早說嘛！

記者你今年幾歲呢？
單身嗎？
排斥漫畫家當男友嗎？

採訪順利結束。

PM 17:00　　PM 17:05

休息時間，打個手遊

是，小的馬上完稿，
小的不敢了

5分鐘後，被經紀人追殺，快樂的時間
總是特別短（泣）。

PM 12:30

口袋只剩小老頭啊……
空虛……

午餐時間到了！每逢月底雖不吃土，
但喝個奶茶當午餐。

PM 14:00 記者來訪

採訪途中一直岔題

好久沒見到生人了！
噗噗

運動還是交給明天
來處理好了

PM 23:00　　PM 23:05

別小看我，以前我也是
六塊肌的咧！

交稿了！健身房已關，只好在家動一下。

完

我也是吃黑心食品長大篇

最近我們都從食物裡面，學到最新的化學知識……

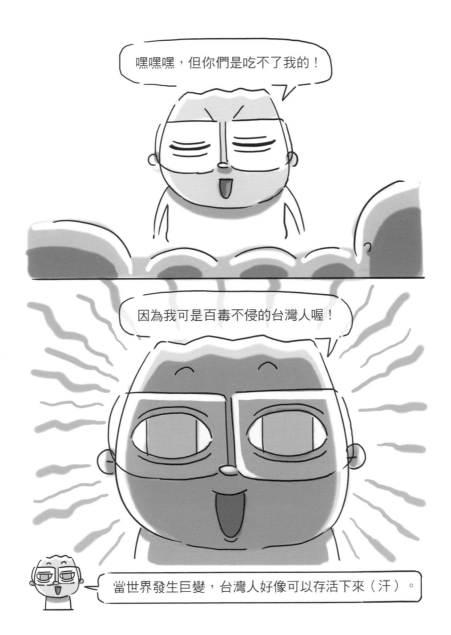

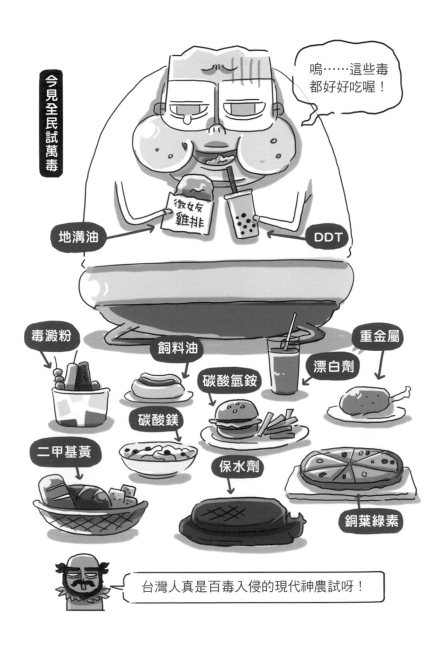

難民

在國外，有人沒食物可吃面臨餓死

沒有什麼東西可以吃了……

饑荒到了……

在台灣，大家有食物可以吃，卻要毒死

還有什麼東西可以吃呀……

黑心期到了……

咱們是另類的難民。

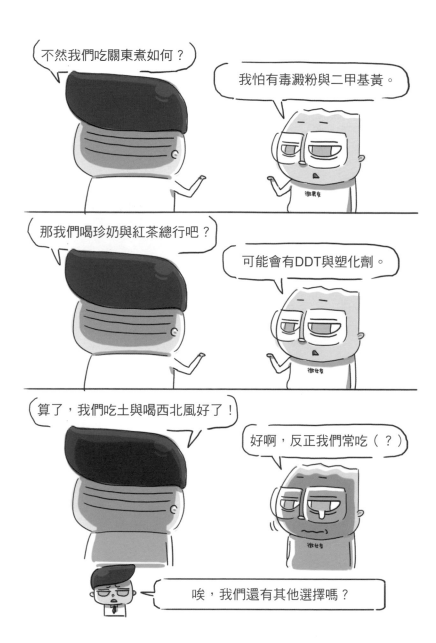

113

黑心食物
adulterated food
[ə'dʌltə ret fud]

形容偷工減料的食物，adulterated是摻雜、摻假動詞adulterate的形容詞，所以adulterated food就是非法摻雜、摻假不當添加物的食品。

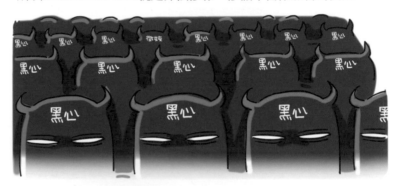

哼哼哼……就算殺了一個我，還是有千千萬萬個我陸續出現的

因為黑心食物太多，我們窮到
吃土的人只好喝西北風吧！
Because there are too many
adulterated food,
we dirt poor people can
only live on air!

中午吃什麼？
What you gonna
get for lunch?

吃土人	dirt poor people
喝西北風	live on air

117

萬物皆可擬人化 篇

在我眼裡，所有事物都可以活起來

小朋友
你們在哪裡呀…

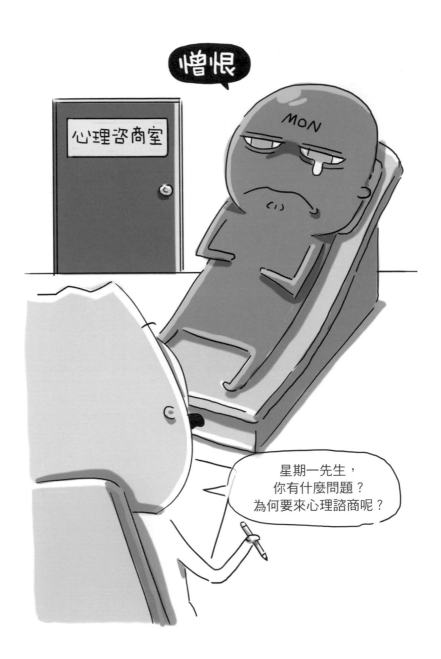

醫生，我常常被其他兄弟們給圍毆霸凌，
他們還常常說我被一群人給討厭！

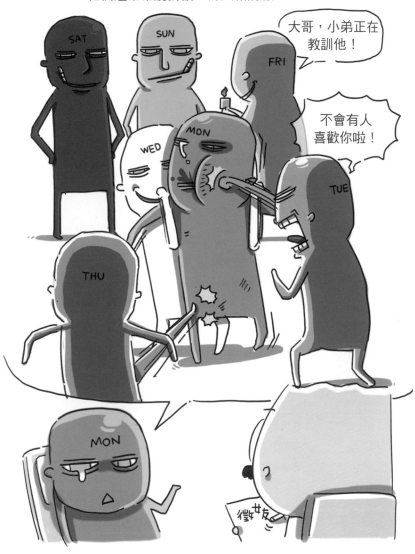

而且如他們所說，我真的被上班族與學生們憎恨，每次看到我就好像看到仇人似的，搞得我都不想開工了……

星期二到星期天，也被服務業、餐飲、醫療、
軍警消人員恨之入骨呢！

咦？你們也來
心理諮商？

原來我不是孤單的呀……

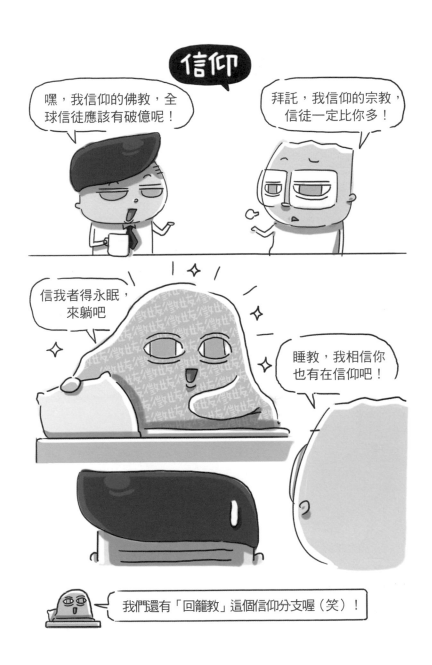

129

137

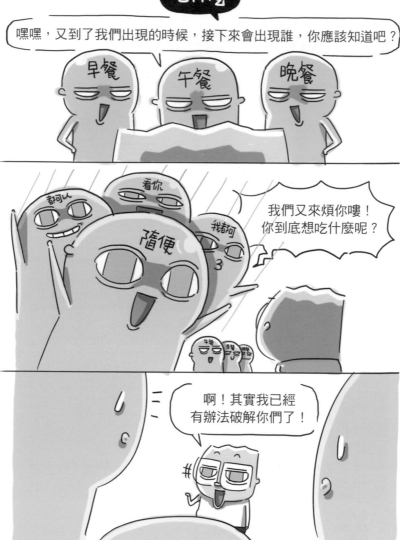

點子再好，也沒有廣大網友的神回覆好，
這裡精選人2粉絲頁活動的回覆，由人2幫你畫出來。

感謝網友Icey Yeng貢獻的好點子

圓神出版事業機構　如何出版社
Eurasian Publishing Group　Solutions Publishing

http://www.booklife.com.tw　　　　　reader@mail.eurasian.com.tw

Happy Leisure　067

就當人2吧！即使含著免洗湯匙出生，也要笑著活下去

作　　者／People 2

經紀公司／橙方數位 Bybyclick Inc.

發 行 人／簡志忠

出 版 者／如何出版社有限公司

地　　址／台北市南京東路四段50號6樓之1

電　　話／（02）2579-6600・2579-8800・2570-3939

傳　　真／（02）2579-0338・2577-3220・2570-3636

總 編 輯／陳秋月

主　　編／林欣儀

專案企劃／賴真真

責任編輯／林欣儀

校　　對／人2、尉遲佩文、林欣儀

美術編輯／王琪

行銷企畫／吳幸芳・陳姵蒨

印務統籌／劉鳳剛・高榮祥

監　　印／高榮祥

排　　版／陳采淇

總 經 銷／叩應股份有限公司

郵撥帳號／18707239

法律顧問／圓神出版事業機構法律顧問　蕭雄淋律師

印　　刷／龍岡數位文化股份有限公司

2015年12月　初版

定價299元　　　　　ISBN 978-986-136-441-4

版權所有・翻印必究

◎本書如有缺頁、破損、裝訂錯誤，請寄回本公司調換　　Printed in Taiwan

有時候，人生就像玩一場大富翁，可以善用機會，改寫命運。
　　——《就當人2吧！即使含著免洗湯匙出生，也要笑著活下去》

◆ **很喜歡這本書，很想要分享**

　　圓神書活網線上提供團購優惠，
　　或洽讀者服務部 02-2579-6600。

◆ **美好生活的提案家，期待為您服務**

　　圓神書活網 www.Booklife.com.tw
　　非會員歡迎體驗優惠，會員獨享累計福利！

國家圖書館出版品預行編目資料

就當人2吧！即使含著免洗湯匙出生，也要笑著活下去／人2 作.
-- 初版. -- 臺北市：如何，2015.12
144面；20.8×14.8公分. --（Happy leisure；67）

ISBN 978-986-136-441-4（平裝）

855　　　　　　　　　　　　　　　　　　　104022881